Amann: Zwei oder drei Dinge

Jürg Amann (schweiz.)
- Zwei oder drei Dinge (Novelle)
- Tod Weidigs
- Verirren
  oder das plötzliche Schweigen
  des Robert Walser
- Der Vater der Mutter
  oder der Vater des Vaters
- Der Anfang der Angst
- Widerschein (Anthologie)
  - Die Heilung der Frau
  - Trauerschein, ländlich,
    November

Jürg Amann

Zwei oder drei Dinge

Novelle

Die Deutsche Bibliothek — CIP-Einheitsaufnahme

Amann, Jürg:
Zwei oder drei Dinge : Novelle / Jürg Amann.
— Innsbruck : Haymon, 1993
  ISBN 3-85218-128-3

© Haymon-Verlag, Innsbruck 1993
Alle Rechte vorbehalten/Printed in Austria
Einbandgestaltung: Helmut Benko
Satz: Raggl Supertype, Innsbruck/Landeck
Druck und Bindearbeit: Wiener Verlag,
Himberg bei Wien

I

Nachdem mich meine Frau verlassen hatte, war ich zuerst wie tot. Ja, ich muß es so sagen. Mit dem ganzen Pathos des Schmerzes, das meinen damaligen Zustand am genauesten ausdrückt. Und es war auch wirklich nicht sicher, ob ich am Leben bleiben wollte. Als es klar geworden war, daß mein monatelanger Kampf, sie zurückzugewinnen, erfolglos verlaufen würde, fehlte mir für mich selber am Ende die ganze Kraft. Wenn ich *sie* nicht mehr haben konnte, war ich auch bereit, den ganzen Rest der Welt, was immer er sein würde, mich selber eingeschlossen, der mir neben der Ungeheuerlichkeit dieses unbegreiflichen Verlusts gering vorkam, dranzugeben. Von allem Anfang an hatte ich dieses Gefühl gehabt: der Boden unter mir war ins Rutschen gekommen, ein Stein löste den andern, es war nicht mehr aufzuhalten. Ein Freund sagte, begreif es als Freiheit. Aber ich konnte mit der Freiheit, die ich ja nicht gewollt hatte, nichts anfangen.

Zwar hatte ich meiner Frau, als sie mich verließ, versprechen müssen, daß ich es ihr vorher sagen würde, wenn ich nicht mehr könnte, aber ich hatte das Versprechen bald darauf wieder rückgängig gemacht, mit der Begründung, daß das doch, wenn ich ihm nachkäme, auch wenn es von mir nicht so gemeint wäre, von ihr gar nicht anders denn als eine wehleidige Erpressung aufgefaßt werden könnte. Das hatte sie schließlich akzeptiert.

Zu mir selber hatte ich immer gesagt, du mußt das nicht überleben, niemand kann dich dazu verpflichten, das zu überleben. Du kannst dich später immer noch umbringen. Du bist nicht verpflichtet, am Leben zu bleiben, ungeachtet dessen, was für ein Leben es ist. Das nahm ein wenig den Druck.

Eine Frau, die ich gut kannte, erzählte mir von einem Freund, der sich in einer ähnlichen Lage wie ich befunden habe und der sich vorgenommen hatte, zwei Jahre zuzusehen, um sich nicht im Affekt umzubringen, der sich nach zwei Jahren ganz ruhig umgebracht habe. Und obwohl ich mir nicht vorstellen konnte, daß überhaupt jemand auf der Welt in einer ähnlichen Lage wie ich sein konnte, blieb mir sein Fall als etwas Tröstliches in Erinnerung.

Da ich heute, zwei Jahre später, immer noch am Leben bin, und darum auch in der Lage, dafür dankbar zu sein, will ich mich in Dankbarkeit der Dinge und Ereignisse erinnern, die daran schuld sind — wenn Schuld hier das richtige Wort ist —, daß es so ist, oder die wenigstens dazu beigetragen haben.

II

Genaugenommen waren es keine Dinge. Man sagt Dinge, aber man meint etwas anderes. Das eine war etwas Abstraktes, schwer zu Beschreibendes, im Grunde genommen viele Dinge zusammen, alle Dinge, die in meinem Leben noch nicht erledigt waren, das andere waren Menschen.

Ich beginne mit dem Schwierigen, schwer zu Beschreibenden. Mit der Berufung. Das ist ein großes Wort, aber ich komme nicht darum herum, es zu gebrauchen, wenn ich davon sprechen will, was mich am Anfang, als es das Leben selber nicht mehr und noch nicht wieder konnte, am Leben gehalten hat. Und ich verwende das große

Wort nicht, um mich selber daran groß zu machen, sondern im Gegenteil, um meine Unbedeutendheit oder Geringfügigkeit neben dem, was es bedeutet, deutlich zu machen, die mir jetzt aber zu Hilfe kam. Ich könnte es auch mein Talent nennen oder das, was ich dafür hielt, das, was mich unterschied von den anderen Menschen mit ihren anderen Talenten, das, was nur ich konnte und sonst kein anderer Mensch auf der Welt, was mir meiner Meinung nach meinen spezifischen, nur durch mich zu besetzenden Platz auf ihr zuwies. Das hast du nicht bekommen, um es jetzt fortzuwerfen, sagte ich mir. Ungebraucht oder nur halb gebraucht, jedenfalls nicht zu Ende gebraucht. Dazu hast du kein Recht. Dazu hast du noch zu viele Pläne im Kopf, die noch nicht ausgeführt sind, die durch dich ausgeführt werden wollen. Sie sind größer und wichtiger als du mit deinem kleinen, privaten Schmerz, auch wenn er noch so groß ist.

Die Schwierigkeit war nur, daß dieses mein Talent mich mit meiner Frau auch verlassen hatte. Als ob sie selbst es gewesen wäre. Als ob alles, was einmal gut an mir gewesen war, nur sie gewesen wäre. Monatelang konnte ich keinen vernünftigen Satz mehr schreiben. Nicht einmal einen klaren

Gedanken fassen konnte ich mehr. So daß es nicht einmal wirklich meine Berufung war, sondern lediglich mein Glaube an sie, der mir als einziges, zudem unbegründet und gerade in jener Zeit ohne jeden Beweis, geblieben war, an dem ich mich festhielt oder besser: der an mir festhielt. Du wirst noch gebraucht, lapidar gesagt, war das Gefühl, das mich über die Tage kommen ließ, in denen ich in allem übrigen von nichts anderem so felsenfest überzeugt war wie von meinem vollkommenen, durch nichts zu vermindernden Unwert. Durch nichts als durch sie, wenn sie wiedergekommen wäre. Aber sie kam ja nicht wieder.

III

Einmal, als wir noch gar nicht lange zusammen waren, hatte sie mich ja wirklich beinahe totgeschlagen. Wir waren aus dem Zug gestiegen. Ich trug das Gepäck. Es war in ihrer Heimatstadt. Ihre Mutter hatte uns vom Bahnsteig abgeholt. Meine Frau ging mit ihr voraus, ich ging hinterher. Beim Ausgang ließ sie mir achtlos die Schwingtür in die Gepäckstücke fallen. Beim Einladen ins Auto der Mutter schlug sie mir blind den Kofferraumdeckel über den Kopf. Sofort ging ich zu Boden. Ich lag auf dem Rücken. Das Blut spritzte aus meiner Stirn und lief mir in die Augen. Da schrie sie verzweifelt nach mir, rief meinen Namen, bat um mein Leben. Ich sah sie über mir stehen. Bevor ich die Besinnung verlor, rief ich zurück: es ist nur Blut, es ist nicht so schlimm, wie es aussieht.

Ich weiß nicht, warum ich mich jetzt daran erinnere, aber da ich es tue, will ich es hier hinzufügen: Ich saß im Kleinen Café, in Wien, wo wir damals lebten, am späteren Nachmittag, trank meine Cola mit Zitrone, wie üblich, und las meine Zeitung, die einzige, die man dort lesen konnte, weil sie keine österreichische war. Meine Frau kam herein. Damals war sie ja noch meine Frau. Ich sah sie erst, als sie dabei war, sich zu setzen, nicht zu mir, wie es zu erwarten gewesen wäre, sondern mir schräg gegenüber, so daß ich ihren Hinterkopf, der sich mir im Gefühl einer lieben Gewohnheit sofort in die zur Schale geformte rechte Hand fügte, im Spiegel an der niedrigen Wand hinter ihr sehen konnte, sie also gleichzeitig von vorn und von hinten sah. Ich hob den Kopf und blickte über den Zeitungsrand zu ihr hinüber. Sie blickte zurück, nickte mir diskret zu, während sie ihre eigene Zeitung vor sich entfaltete. Wir mußten natürlich lachen, es war wohl ein Spiel, aber wir blieben sitzen, uns gegenüber, in einiger Entfernung, jedes in seiner Ecke. Und je länger wir saßen, je mehr Zeit so verging, um so mehr erstarb uns das Lächeln, wenn wir uns gelegentlich Blicke zuwarfen, um so mehr gelang es uns, uns zu betrachten wie Fremde, aus der Distanz von Fremden, wurden wir wirklich Fremde, und die Gesichter, während sich nun beide etwas vorwärtsneigten und, über die Tischplatte gebeugt, auf der die zerzausten Zeitungen lagen, etwas ins Tagebuch notierten — ich dieses, das ich hier wiedergebe, sie vielleicht etwas Ähnliches, ich weiß es nicht, ich habe es nie erfahren — versteinerten von Sekunde zu Sekunde mehr und fanden den Weg aus der Entfremdung nicht mehr zurück.

Natürlich war es ein Spiel, und sie kam auch, nachdem sie bezahlt hatte, bevor sie ging, auf ihn zu und stellte sich vor ihn hin und beugte sich zu ihm herab, um ihn zu küssen, eigentlich wie immer, aber es war ein gefährliches Spiel und ein Spiel, das weh tat, zumindest ihm. Während sie fortging und er sie nur noch von hinten sah, wie sie sich schmal über die Straße entfernte, konnte er sich zum erstenmal vorstellen, sie nicht zu kennen. Und das war schrecklich.

Nun bin ich, obwohl ich von mir gesprochen habe, ohne es zu wollen, in die dritte Person, in die Er-Form verfallen. Ich habe es nicht bemerkt, es ist mir passiert, weil es mir im Tagebuch, aus dem ich es abgeschrieben habe, auch passiert ist. Und da es nun einmal passiert ist, lasse ich es auch so stehen.

IV

Ja, das war schrecklich gewesen. Die Vorstellung, sie nicht zu kennen, war schrecklich gewesen. Und noch schrecklicher war jetzt die Wirklichkeit: sie zu kennen und sie verloren zu haben.

So stapfte ich durch die Tage, sah nichts, hörte nichts, empfand nichts von der Welt als meinen Verlust. Alles war grau. Dabei war es blau. Und rot. Und golden. Alles leuchtete. Es war ein wunderbarer, nicht zu Ende gehender Herbst. Tag für Tag. Wie schon lange nicht mehr. Nur ich sah ihn nicht. Ich sah ihn und sah ihn nicht. Täglich fuhr ich vom Land, auf dem ich jetzt wieder allein wohnte, in die nahegelegene Stadt, um mich unter den Menschen ein wenig von meinem Schmerz und mir selbst abzulenken. Aber auch sie sah ich nicht. Ich sah sie und sah sie nicht. Obwohl ich stundenlang mit ihnen in den Kneipen herumsaß oder mich von ihnen durch die Gassen schieben ließ. Ich war blind. Meine Augen schauten nach rückwärts. Ich sah sie nicht. Wie sollte ich auch. Ich hatte sie ja auch vorher nicht gesehen. Ich hatte ja immer nur sie, meine Frau, gesehen, seit ich auf sie gestoßen war. Für alle anderen hatte ich, solange ich mit ihr und sie mit mir zusammen gewesen war, keine Augen gehabt. Die ganze Welt hatte ich neben ihr aus den Augen verloren. Wie sollte es jetzt, da ich erst recht nur noch an den einen Menschen denken konnte, der für mich der einzige gewesen war, den ich verloren hatte, anders sein. Wie sollte sich mir die Welt, die ich so lange hochmütig und im Gefühl der Einzigartigkeit und Bedürfnislosigkeit unserer Liebe verschmäht hatte, in meiner Not und Bedürftigkeit jetzt wieder zeigen. Ich hatte den Blick für alles verloren.

Menschen, die ich gekannt hatte, erkannte ich nicht mehr. Einmal, als ich aus dem Kino trat, in dem ich mir einen Film angeschaut hatte, von dem ich mir ein wenig Linderung versprach, redete mich eine Frau an. Kennen wir uns? fragte ich sie. Seit gestern abend, sagte sie. Wir sind in der Kneipe am gleichen Tisch gesessen, du hast mir deine ganze Geschichte erzählt. Ich konnte mich nicht mehr erinnern. Aus dem Film, auf den sie mich ansprach, war mir nur eine einzige Szene haften geblieben, in der ein Knabe, der am Ertrinken war, zuerst vergeblich gegen den Strom angekämpft hatte, dann aber, als seine Kräfte erlahmten und er sich nicht mehr wehrte, von der Strömung ans andere Ufer getragen wurde.

Das Haus, das bis anhin für meine Frau und mich die gemeinsame Behausung gewesen war, neben der gemeinsamen Wohnung in Wien, für mich allein jetzt aber nur noch das leere Gehäuse war, in das ich zurückverbannt war, haßte ich. Den Garten, den ihre Seele zum Blühen gebracht hatte, mochte ich nicht mehr sehen. Alles erinnerte mich nur an sie. Die Bank, auf der wir so oft zusammen gesessen hatten, vor allem am Abend, wenn die Hitze aus dem Sonnenhang langsam verglühte, aber auch tagsüber, um uns von einer einzeln oder gemeinsam getanen Arbeit auszuruhen oder uns über sie wieder zu erheben, wenn sie noch nicht ganz getan war und uns niedergedrückt hatte, und von ganz oben auf sie hinabzuschauen, war jetzt nur ein Beweis ihrer Abwesenheit. Der Blick über den See, den wir so oft zusammen genossen hatten, war jetzt getrübt von den Tränen, die ich ihr nachweinte, war nur noch der Blick ihr nach, auf einen Horizont, der früher der gemeinsame gewesen war, der nun nicht mehr verband, sondern trennte.

Und nun hatte man mir auch noch zweimal kurz hintereinander von diesem Garten aus in der ersten Dunkelheit der Nacht die Fensterscheiben eingeworfen. Das heißt, einmal, und dann zwei Tage später, als die neuen Scheiben eingesetzt waren, gleich noch einmal. Und von dem Tag an, an dem der Glaser zum zweitenmal neue Scheiben eingesetzt hatte, wartete ich immer auf das drittemal. Hatte ich früher die Fensterläden niemals geschlossen, schloß ich sie jetzt, wenn ich zu Hause war, schon beim ersten Anflug der Dämmerung. In der Stube im Parterre nahm ich sie zuerst herein. Dann stieg ich höher. Im mittleren Zimmer, das früher das ihre gewesen war, das jetzt leer stand, das ich seit ihrem Wegzug ohnehin nicht mehr betrat, von dem ich mich möglichst weit weg hielt, öffnete ich die Läden auch tagsüber nicht mehr. Zuoberst, in meinem Dachzimmer, das ich immer mehr beinahe ausschließlich bewohnte, in das ich mich immer mehr gänzlich zurückgezogen hatte, dessen Tür zum Treppenhaus hin ich abzuschließen begonnen hatte, bevor ich zu Bett ging, stand ich dann hinter den geschlossenen Läden und horchte in die einbrechende Dämmerung, dann in die zunehmende Dunkelheit, schließlich in die Nacht des Gartens hinaus. Nur wenn das Telefon klingelte, nach dem ich mit dem anderen, dem Garten abgewendeten, ins Innere des Hauses gerichteten Ohr horchte, verließ ich Hals über Kopf diesen Horchposten und raste das Treppenhaus wieder hinunter, weil ich ja immer noch hoffte, daß sie es sei, obwohl ich wußte, daß sie es nicht mehr war. Im Treppenhaus gab es keine Läden. Wenn ich wieder hinaufstieg, enttäuscht, bestätigt, noch mehr allein als zuvor, im hellen Licht der Treppenbeleuchtung, am erleuchteten Fenster vorbei, erwartete ich immer wieder den großen Stein, der mich hier vor Tagen, ich wußte nicht mehr, wieviele es inzwischen geworden waren, beinahe getroffen hatte.

In dieser Zeit hatte ich auch meinen Autounfall. Ich wollte einen befreundeten Maler besuchen, der mich in sein Atelier eingeladen hatte. Ich war unterwegs auf die andere Seeseite. Aber ich kam nicht weit. Noch bevor ich den Damm erreicht hatte, über den die Straße hinüberführt, wurde ich von hinten gerammt. Eine ältere Frau hatte nicht aufgepaßt und war mit vollem Tempo vor einem Rotlicht auf die stehende Kolonne, in der ich der Hinterste war, aufgefahren. Mir war nichts passiert, aber mein kleiner Wagen wurde auf den vor ihm stehenden aufgeschoben und zwischen diesem und dem von hinten stoßenden vollkommen zerdrückt. Ich war nicht schuld, aber ich entnahm dem Vorfall, daß ich gefährdet war. Da beschloß ich, mit dem Autofahren aufzuhören. Den Maler auf der anderen Seeseite ließ ich von der Unfallstelle aus durch die Polizei benachrichtigen. Sein Atelier habe ich bis heute noch nicht besucht.

V

In all die Trübe hinein fiel eines Tages wieder ein erster Sonnenstrahl, ich meine, ein Sonnenstrahl, den ich wahrnahm. Ich war auf dem Weg zum Zug, wie jetzt fast jeden Tag. Ich wollte mir wieder entfliehen. Das hatte sich zur Gewohnheit entwikkelt. Ich hielt es im Haus nicht mehr aus. Und auch im Garten nicht, obwohl es ein schöner, warmer Herbst war. Die Arbeit machte ich noch, aber die Früchte, die jetzt nach und nach an den Bäumen und Stauden reiften, ließ ich verfaulen. War ich früher erst gegen Abend, wenn die Lähmung, die mich befallen hatte, von der Panik übertroffen wurde, die mich ergriff, wenn es dunkel wurde ums Haus, dann aber geradezu fluchtartig aufgebrochen, schloß ich jetzt immer früher am Tag alles hinter mir ab, bevor es zur Katastrophe kam, um in die Stadt zu fahren und von dort nicht vor dem letzten Zug, weit nach Mitternacht, betäubt wieder zurückzukehren. Betäubt nicht vom Alkohol, ich war nicht in der Lage, meinen Schmerz zu ertränken, betäubt vom Schmerz selbst, den ich bis zur Schmerzlosigkeit und bis zum Umfallen spüren mußte, betäubt vom unablässig an mir vorbeifließenden Lebensstrom, der mich nicht erfaßte, in den ich hineinstarrte mit meinen toten Augen, die unbeweglich in meinem toten Gesicht lagen. Bis mich ein leichter Schwindel befiel und mein Kopf plötzlich in diesem Strom zu treiben begann, dicht über der gekräuselten Fläche, über die Fläche trieb, während der Strom selber nun stillstand. So kam es mir vor. Diese zwei Zustände wechselten sich ab, konnten wie durch einen Kippschalter, den ich nicht selber betätigte, miteinander vertauscht werden: Ich torkelte wie ein farbloser Luftballon, aus dem das Gas langsam entweicht, über den stehenden Fluß; ich lag wie ein schwerer, grauer Stein im Wasser, das an mir vorbeidrängte. Als mich einmal jemand ansprach und damit aufweckte, sagte er wirklich: dein Gesicht ist wie versteinert.

Aber ich wollte von etwas anderem sprechen. Von dem, was in diesen Zustand hineinfiel und ihn veränderte. Es war um die Mittagszeit. Ich war auf dem Weg zum Zug. Der kleine Steig, der von meinem Haus am Hang unter der Kirche durch Obstgärten und an einem Maisfeld vorbei zum Bahnhof hinunterführte, lag im hellen, leuchtenden Herbstsonnenlicht. Von ferne hörte ich den Zug in die Gegenrichtung, der immer ein wenig vor dem in die Stadt ankam, am Seeufer unter mir heranrauschen, im Bahnhof still werden und wieder anfahren. Wenig später kamen mir die Menschen, die er ausgespuckt hatte, von unten, einzeln oder in kleinen Trauben, entgegen, allen voran ein junges Mädchen, hell gekleidet, das mit leichten Schritten den Abhang geradezu heraufstürmte, während es vor sich hinsang. Als sie bei mir angelangt war, der ich mich, gerade vor mich hinblickend, die Steigung hinunterfallen ließ, drei Schritte bevor wir uns kreuzten, hob sie ihren Blick vom Weg, schaute mir lachend ins Gesicht und grüßte mich. Dann war sie vorbei.

Verwirrt bremste ich meinen Schritt, drehte mich um, grüßte in ihren Rücken zurück und schaute ihr nach, bis sie weit oben hinter den Bäumen verschwunden war. Inzwischen waren auch alle andern an mir schon vorbei. Ich stieß einen kleinen Freudenschrei aus, stürzte mich in die Tiefe und sagte laut ein paarmal vor mich hin: sie hat mich gegrüßt, sie hat mich gegrüßt. Und dann leise, in mich hinein: mein Gott, kann die Welt schön sein! Schön, schön, schön!

Das war schon alles. Aber zum erstenmal nach der Trennung hatte ich mich wieder nach dem Leben umgeschaut. Um es weniger pathetisch zu sagen: nach einem Menschen. Aber er kam mir vor wie das Leben. Und ich hatte diesen Menschen schön gefunden. Zum erstenmal nach der Trennung von meiner Frau hatte ich wieder einen anderen Menschen schön gefunden. Und von diesem Tag an fand ich plötzlich alle Menschen schön. Oder doch fast alle. Oder besser, ich sah in jedem Menschen etwas Schönes. Ich hatte das Gefühl, daß ich nie mehr mit einem von ihnen leben würde. Aber ich hatte gleichzeitig auch das Gefühl, mit jedem von ihnen leben zu können. Es war, als ob die große Liebe zu einem Menschen sich in die große Freundschaft zu allen Menschen verwandelt hätte. Alle schaute ich jetzt an, mit offenen Augen, und alle schauten zurück. Und ebenso war es jetzt auch wieder mit den anderen Dingen der Welt. Natürlich war es nicht jeden Tag so, aber grundsätzlich war es jetzt so. Zumindest wußte ich wieder, daß es so sein konnte. Und ich mußte mir jetzt sogar sagen, wie ungerecht ich über so viele Jahre hinweg gewesen war, während derer ich nur Augen für meine Frau gehabt hatte und für sonst gar nichts. Für keine anderen Frauen. Für Männer ohnehin nicht. Für die ganze übrige Welt nicht.

VI

Schon zu der Zeit, als meine Frau noch mit mir zusammen war, hatte eine andere Frau mir einmal geschrieben, ihr Herz habe höher geschlagen, als sie einen Text von mir gelesen habe, den sie für ein Provinzblatt habe rezensieren müssen. Damals hatte ich ihr höflich gedankt für so viel Anteilnahme, ihr aber bedeutet, daß ich mich nur für den Herzschlag einer einzigen Frau auf der Welt interessiere. Jetzt schrieb ich ihr, ich würde gerne einmal ihr Herz aus der Nähe schlagen hören. Das heißt, mein Ohr daran legen. Oder wenigstens mein Herz in seine Nähe bringen. Vorerst grüßte ich fernherzlich. Sie war mit meinem Vorschlag einverstanden. Wir trafen uns zum Essen. Wir fanden uns leicht, obwohl wir uns einander vorher nicht genauer beschrieben hatten. Sie war eine attraktive Frau, in meinem Alter, etwas sehr violett vielleicht, was ihre Kleidung betraf, lebenserfahren, feinnervig, gescheit, und wir waren auch sofort in einem das ganze Leben umfassenden Gespräch, das man als gangbaren Weg zueinander hätte verstehen können. Aber schon nach wenigen Minuten, noch bevor das Essen, das wir bestellt hatten, gekommen war, wußte ich, daß es unmöglich war, ihn zu gehen, daß ich den Ort, an dem ihr Herz schlug, nicht kennen wollte. Ihre Brüste waren zu groß, darin schien sich die Unmöglichkeit auszudrücken. Ich sah sie, wenn die Frau die Arme hob, um ihre Haare zurückzuwerfen oder sich eine Zigarette anzuzünden, sich unter dem Pullover bewegen. Meine Frau hatte sehr kleine Brüste gehabt, die für mich das Maß dieser Dinge geblieben waren. Zudem hatte sie nicht geraucht, und ich wollte nie mehr im Leben meine Zunge in den stinkenden Mund einer Raucherin stecken.

Ich wollte allein sein. Allein unter anderen. Nach dem Essen sagte ich, ich würde nun ins Theater gehen. Es gab eine Premiere, von welchem Stück, weiß ich nicht mehr. Jedenfalls wollte sie mit. Sie begleitete mich bis zur Kasse. Aber zum Glück war alles ausverkauft. Ich hatte das angenommen. Vorsorglich hatte ich mir schon tagsüber eine Karte reservieren lassen. So daß wir uns trennen mußten, weil ich auf keinen Fall von meinem Platzanspruch zurücktreten wollte, andererseits auch kein anderer Platz durch Nichtbezug einer vorbestellten Karte frei wurde. Ich sagte, wir sehen uns wieder, aber ich glaubte nicht wirklich daran.

Nach der Aufführung, die mir überhaupt nicht gefallen hatte, blieb ich trotzdem auf der Premierenfeier hängen, die im Theaterfoyer, das zur Bar umfunktioniert war, bereits begonnen hatte, als ich mich von meinem Sitz in der letzten Reihe bis zum Saalausgang durchgekämpft hatte. Ich kannte ein paar Gesichter, die da waren, und fühlte mich eine Weile bei ihnen aufgehoben. Als ihre wohltuende Wirkung nachließ, weil sie mir über meine Frau auch nichts sagen konnten, begann ich zu trinken. Nicht viel, aber genug. Eine Frau, in einiger Entfernung, die mir auf den ersten Blick gefiel und die ich noch nie gesehen hatte, sprach ich von der Theke aus mit dem Begehren an, sie kennenzulernen. Sie fand das in Ordnung, und wir verabredeten uns auf den nächsten Tag, weil sie jetzt gehen wollte. Längst war mein letzter Zug abgefahren, und so blieb ich hier an der Wärme, bis die Feier zu Ende war und man die Stühle auf die Tische stellte.

Dann war ich allein auf der Straße. Es war kalt. Etwas zwischen Regen und Schnee fiel vom Himmel. Als schwerer, glitschiger Film legte es sich auf das unbedeckte Haupt, sickerte ekelhaft durch die vermatschten Haare bis auf die Kopfhaut durch und lief mir von da eisig den Hals hinab in den

Kragen. Es ging gegen drei. Der erste Zug ging nach fünf. Irgendwie mußte ich die zwei Stunden herumbringen, ohne zu erfrieren. Oder mir doch wenigstens eine Lungenentzündung zu holen. Ich überlegte mir, ob ich erfrieren sollte. Ich spielte zumindest mit dem Gedanken. Ich war am Ende. Meine Seele war tot. Ich wußte nicht, wohin. Meinen Körper, der mich ziellos herumtrug, spürte ich kaum. Ich zog durch die Gassen, schaute ohne Interesse in die Auslagen der Schaufenster, die nicht mehr beleuchtet waren. Mit dem Blick streifte ich eine Frau, die, in einen dicken grauen Pelzmantel gehüllt, neben einer andern an eine Schaufensterscheibe gelehnt unter einem Schirm stand. Das Licht einer Lampe, die an einem Drahtseil über der Straße schaukelte, traf sie halb ins Gesicht. Sie hatte langes schwarzes Haar. Ihre dunklen Augen erglänzten für einen Moment im Widerschein. Sie erinnerte mich an jemanden, den ich kannte, es fiel mir aber nicht ein, an wen.

Ich ging vorbei, in Richtung Bahnhof. Ich wollte sehen, ob der Wartesaal geöffnet war. Er war geschlossen.

Ich drehte um, ging zu der Frau zurück. In einiger Entfernung von ihr blieb ich stehen. Sie sprach mit einem Mann. Ich zögerte, dachte nach, aber die Aussicht, die Nacht im Schneeregen zu verbringen, war nicht verlockend. Der Mann entfernte sich in die andere Richtung. Ich gab mir einen Ruck, setzte mich in Bewegung, trat zu der Frau hin. Ich schaute ihr ins Gesicht. Wieder hatte ich das Gefühl, sie zu kennen. Ich grüßte sie unsicher. Sie grüßte zurück. Sie kannte mich schon. Du bist schon einmal vorbeigegangen, sprach sie mich an. Sie duzte mich, ich hatte sie gesiezt.

Ja, sagte ich, eben, vor einer halben Stunde. Hast du kein Bett? fragte sie. Ja, sagte ich, ich habe den Zug verpaßt, jetzt muß ich die Zeit bis zum Morgen herumbringen. Du frierst, sagte sie, willst du nicht mit an die Wärme? Sie sagte das sehr privat. Doch, sagte ich, eigentlich schon. Ich glaube, ich zitterte ein wenig, weil ich ja wirklich fror, an Leib und Seele. Aber ihr seid sicher zu teuer für mich. Aus Höflichkeit sagte ich: ihr, ich wollte die zweite, die dabeistand, nicht ausschließen. Du mußt ja nicht beide nehmen, sagte die, mit der ich gesprochen hatte. Die andere sagte nichts. Wieviel? Hundert, sagte sie. Für wie lange? wollte ich wissen. Für eine halbe Stunde, antwortete sie. Das nützt mir nichts, sagte ich, mein Zug geht erst nach fünf. Und für die ganze Zeit kann ich nicht zahlen. Sie schaute auf die Uhr. Dann sagte sie, für zweihundert kannst du bleiben, bis dein Zug fährt.

Ich sagte nichts. Was sollte ich sagen. Dagegen gab es kein Argument. Ich war verlegen. Das war ein so unerwartet persönliches Angebot.

Du kannst natürlich auch ein Taxi nehmen, sagte sie, wenn du um diese Zeit noch eins findest, vielleicht ist das billiger, aber sicher nicht schöner. An ein Taxi hatte ich bisher noch gar nicht gedacht. Sie fragte mich, wo ich wohne. Ich sagte es ihr.

Nun? fragte sie nach einer Weile. Was ist jetzt? Willst du jetzt oder willst du nicht? Ich schloß einen Augenblick die Augen, um die Möglichkeiten gegeneinander abzuwägen und mir eine kleine Atempause zu verschaffen. Ich will, sagte ich dann. Mit welcher? fragte sie mich, als ob es nicht selbstverständlich wäre. Mit dir, sagte ich, ohne die andere überhaupt anzuschauen.

Sie drehte sich ab, ging ein paar Schritte. Komm, sagte sie, es ist gleich um die Ecke. Beim Gehen nahm sie mich unter den Schirm. Häng dich doch ein, sagte sie, als ich nicht nahe genug ging. Dann wollte sie meinen Namen wissen und nannte mir ihren. Es war der meiner Frau.

Als wir in ihrem Zimmer waren, gab sie mir ein Handtuch, damit ich mir die Haare trocknen konnte. Ich gab ihr das Geld. Ich entschuldigte mich dafür, daß ich ihr nicht mehr geben konnte, ich hatte nicht mehr dabei. Das macht nichts, sagte sie. Komm, leg deine Sachen da hin.

Wir zogen uns aus. Ein kleiner Hund, der still in einer Ecke des Zimmers saß, schaute uns zu. Keine Angst, der beißt dir nichts ab, sagte sie.

Ich legte mich hin. Sie legte sich zu mir, so, daß ihr Kopf bei meinen Beinen lag, meiner bei ihren. Sie begann mich zu streicheln. Sie hatte ein Präservativ bereitgelegt, sie zog es mir aber nicht über.

Streichle mich auch, sagte sie. Ich streichelte sie, schüchtern, vorsichtig, zart. Es tat mir gut, ihre Haut zu spüren, ihre Brust in der Hand zu halten. Den Kopf in die eine Hand gestützt, lagen wir uns gegenüber und betrachteten uns, mit den freien Händen formten wir alle Formen unserer Körper nach. Das ging eine Weile so, dann faßte sie meine Hand und legte sie sich auf die Scham. Eine zärtliche Wärme ging von der Berührung mit ihrem harten Haar auf mich aus, strömte tief in mich ein und breitete sich als große Ruhe überall in mir aus.

Erzähl, sagte sie. Und ich erzählte ihr alles. Die ganze Geschichte meiner Liebe, von Anfang bis Ende. Wie ich meine Frau kennengelernt hatte. Wie ich meine Frau verloren hatte. Und was dazwischen alles gewesen war.

Sie hörte mir zu, während sie mich gleichzeitig liebkoste. Ab und zu sagte sie einen Satz zu dem, was ich sagte. Lebenskluge, erfahrene, warme Sätze, die sagten, du bist nicht allein damit, irgendwann geht es uns allen so, was glaubst du, warum ich hier bin, und was glaubst du, was ich in einer einzigen Nacht alles höre. Trotzdem sprach sie jetzt nur mit mir, nicht mit allen. Ich weiß, daß es weh tut, sagte sie, aber ich weiß auch, daß das Wehtun einmal aufhört, und so lange mußt du dich streicheln lassen von jedem, der bereit ist, dich zu streicheln. Hast du keine Freunde? fragte sie.

Sie war schön, ich begann es zu sehen. Ich sagte es ihr. Wie alt bist du? fragte ich. Fünfunddreißig, sagte sie. Ich war zweiundvierzig. Hast du Kinder? fragte ich. Nein, antwortete sie.

Und ich erklärte ihr, daß mit meiner Frau auch die Möglichkeit eines Kindes aus meinem Leben verschwunden war, das ich mir nur mit ihr hatte vorstellen können. Und daß das beinahe ebenso schlimm war wie der Verlust der Frau selbst. Daß ich mir ein Mädchen gewünscht hatte, das dieser geglichen hätte. Daß das nun vorbei sei.

Das weiß man nicht, sagte sie, während sie mit meinen Hoden spielte, da drin schlafen noch viele Kinder. Aber nicht mehr das Kind mit ihr, sagte ich, und sonst will ich keines. Du bist ungerecht, sagte sie, es gibt viele Frauen. Und wie zum Beweis setzte sie sich auf vor mir. Willst du mein Fötzchen sehen? fragte sie. Ja, sagte ich, wenn ich kann. So hatte meine Frau ihr Geschlecht auch immer genannt. Natürlich kannst du, antwortete sie, du kannst alles, was du willst.

Sie rückte ans Kopfende des Bettes, lehnte sich mit dem Rücken gegen die Wand und spreizte die Beine. Mit den Fingern beider Hände zog sie sich die Schamlippen weit auseinander. Ich traute mich nicht hinzuschauen.

Schau ruhig hin, sagte sie. Du kannst mich auch berühren. Du hast sicher nach deiner Frau keine Frau mehr gesehen. Nein, sagte ich. Das ist nicht gesund, sagte sie. Du mußt die Frauen anschauen, du mußt sie berühren, du mußt mit ihnen schlafen, so oft du nur kannst. Das ist der einzige Weg. Es geht nur über den Körper. Du mußt dir die Haut deiner Frau abgewöhnen. Das will ich nicht, sagte ich. Du mußt aber, antwortete sie. Wenn du weiterleben willst, mußt du.

Ich sagte nichts.

Leg dich auf den Rücken, sagte sie. War sie schwarz? Hell, sagte ich. Zum Glück bin ich schwarz, sagte sie. Sie beugte sich über mich, nahm mich in den Mund, begann mich mit Lippen und Zunge sanft zu liebkosen. Willst du jetzt mit mir schlafen? fragte sie, als ich lauter zu atmen begann.

Ich nickte. Sie zog mir das Präservativ über und setzte sich auf mich. Ganz langsam bewegte sie sich auf mir. Ich streichelte ihre Brüste. Sie beugte sich vor, strich mir mit ihren Spitzen über meine Brust, die sich wie ein weites Feld unter ihren Segnungen ausbreitete, ließ ihre Haare als dunklen Vorhang über mein Gesicht fallen und zog sie dann langsam über die Stellen, die ihre Brüste gerade liebkost hatten, hinter diesen her über meinen Brustkorb hinab, warf sie wieder zurück, über meinen Kopf, und begann von neuem. Ich umarmte sie, strich ihr über die Schultern, faßte sie um den Rücken, zog sie ganz zu mir herunter, drückte sie an mich, um mich unter dem Schutz ihrer Wärme zu bergen. Als es mir beinahe kam, in einem ersten flachwelligen Anbranden, bat ich sie, jetzt auf ihr liegen zu dürfen. Sie sagte nichts. Sie ließ die Beine seitlich an mir zurückgleiten. Wir lagen eng aufeinander. Wir drehten uns. Als sie unter mir lag, schloß sie die Augen. Und nun war es, als ob eine warme unendliche Welle, die die ganze verhaltene Liebe des letzten dreiviertel Jahres enthielte, über uns beiden zusammenschlüge.

Also, mit anderen Worten, das war sehr schön. Was ich an so einem Ort zuletzt erwartet hatte.

Während ich langsam verebbte, küßte ich sie zärtlich auf Stirne, Schläfe und Hals, bevor mein

Kopf neben ihrem Kopf ins Kissen sank. Eine Zeitlang blieben wir ruhig liegen. Dann drehten wir uns zur Seite, und ich rutschte aus ihr heraus.

Ich schaute sie ungläubig an. Das war schön, sagte ich. Ja, das war schön, sagte sie. Siehst du.

Ich hatte das Bedürfnis, ihr zu danken. Ich entschuldigte mich noch einmal, weil ich ihr so wenig dafür zahlen konnte. Schon gut, sagte sie. Auf diese Weise bin ich für zwei Stunden aus diesem miesen Wetter herausgekommen und habe erst noch zweihundert Franken verdient dabei.

Tatsächlich war es schon fünf. Für den ersten Zug war es jetzt sogar schon zu spät. Als ich ging, sagte sie, komm zurück, wenn du wieder einmal eine Frau brauchst.

Mehr als ein Jahr ist seither vergangen, und mehrmals wollte ich inzwischen zu ihr zurück, nicht weil ich sie wieder brauchte, aber um ihr zu sagen, wie sehr sie mir damals geholfen hatte. Aber ich konnte sie nicht mehr finden. Wie oft ich auch an der Stelle vorbeiging, an der ich damals auf sie gestoßen war, sie stand nicht mehr dort.

Später schrieb ich der anderen Frau, die mit mir ins Theater hatte gehen wollen: Ich bin in jener Nacht, nachdem ich den Zug verpaßt hatte, am Ende im Bordell gelandet, und das war gut so. Es entspricht meinem Zustand. Ich suche die Nähe der Frauen, um nicht ganz vor die Hunde zu gehen, aber ich bin nicht bereit für ihre Bereitschaft. Ich habe ja meine Frau, auch wenn sie sich von mir getrennt hat. Ich habe mich von ihr nicht getrennt. Ich weiß, daß ich mir damit vor dem stehe, was man das Leben nennt. Aber ich weiß auch, daß das jetzt mein Leben ist. Ich habe nicht das Recht, irgend jemanden bei der Hand zu nehmen und irgendwohin zu führen, wo ich selber nicht bin.

Mit der anderen Frau, mit der ich mich für den folgenden Tag verabredet hatte, weil ich sie kennenlernen wollte, traf ich mich ein paarmal. Aber auch das hatte keine Folgen.

VII

Dann kam die Einladung nach Stuttgart. Kurz nachdem meine Frau mich verlassen hatte, hatte ich mich dort, weil ich in einer Literaturzeitschrift von der Möglichkeit dazu gelesen hatte, um ein Stipendium beworben, nicht weil es mich etwa nach Stuttgart gezogen hätte, aber um möglichst rasch meiner mißlichen hiesigen Situation zu entfliehen und zu einem Tapetenwechsel zu kommen. Eine vorangegangene Reise nach Paris, die ich Hals über Kopf zusammen mit meinem Bruder angetreten hatte, um mich aufs Geratewohl in Sicherheit zu bringen vor den bedrohlichen, nun nur noch schmerzenden Erinnerungen, hatte zu kurz gedauert, um den nötigen Effekt zu haben, aber für mehr hatte das Geld im Moment nicht gereicht. Und auch ein in mir Tag für Tag weiter aufsteigendes Heimweh trotz allem hatte mich schon nach einer Woche wieder nach Hause gezogen. In Wahrheit war es die wahnwitzige Hoffnung gewesen, daß meine Frau sich bei mir wieder melden könnte, und die Angst davor, gerade dann, im entscheidenden Augenblick, wie ich dachte, nicht da zu sein. Aber sie hatte sich nicht gemeldet. Jedenfalls nicht, nachdem ich wieder zu Hause war. Seit sie mich verlassen hatte, hatte ich nichts mehr von ihr gehört.

Man hatte mir aus Stuttgart geschrieben, von fünfundzwanzig sei ich als fünfter ausgewählt und, da das Jahr nur vier mal drei Monate habe, zuoberst auf eine Warteliste gesetzt worden. Nun war ein Bewerber unerwartet zurückgetreten, ich konnte für ihn einspringen und von April bis Juni im dortigen Künstlerhaus absteigen. Ich nahm an. Und von einer Woche zur nächsten war ich also in Stuttgart.

Kaum hatte ich ausgepackt und mich in meinen zwei Zimmern mit Bad und Küche einigermaßen eingerichtet, klingelte das Telefon, und eine Journalistin wollte mich für das Stadtmagazin interviewen. Sie schlug vor, sich im Odyssia im sogenannten Bohnenviertel, von meiner Wohnung aus gleich um die Ecke, zu treffen. Ich ließ mir den Weg erklären. Als ich kam, war sie schon da, eine ganz junge, schmale, rothaarige Frau in schwarzer Lederkluft, die auf mich zukam, aus der Nähe betrachtet auf den ersten Blick schüchtern, auf den zweiten sehr selbstbewußt, auf den dritten doch wieder schüchtern. Sie führte mich an ihren Tisch, auf dem ein schon halb getrunkenes Bier stand. Ich bestellte mir einen Wein. Sie stellte mir ihre Fragen. Und windelweich, wie ich damals war, beantwortete ich alles, was sie wissen wollte, mit der Offenheit der Verzweiflung, die nichts mehr zu verlieren hat, sondern im Gegenteil sich durch ein vollständig abgelegtes Geständnis so etwas wie eine Begnadigung zu erwirken hofft.

Ich erzählte ihr, warum es für mich besonders wichtig gewesen sei, gerade jetzt hierher eingeladen zu werden und dadurch von zu Hause wegzukommen. Mit anderen Worten, bevor ich weiter darüber nachdachte, ob ich das überhaupt wollte, waren wir schon mitten im Privatesten. Sie selber gab einiges preis, das auf ein etwas chaotisches Vorleben schließen ließ und zu ihrer punkigen Ausstattung zu passen schien. Es stellte sich heraus, daß sie selber schrieb, für die Zeitung nur arbeitete, um Geld zu verdienen, schon zwei Gedichtbände veröffentlicht hatte, den dritten vorbereitete und daneben an einem Roman schrieb, für den sie den Vertrag mit Suhrkamp schon in der Tasche hatte.

Als sie genug von mir wußte, um ihren Artikel schreiben zu können, gingen wir ein Haus weiter. Sie zeigte mir die Weinstube Widmer, mitten im

Bordellviertel, man mußte aufpassen, daß man den richtigen Eingang erwischte. Die Straße kam mir ein wenig wie ein Bienenhaus vor mit den verschiedenfarbigen Einflugschlitzen, wenn man den richtigen verfehlte, wurde man als artfremde Drohne von den Arbeiterinnen, die hinter den anderen wohnten, totgestochen.

Aber die Journalistin kannte sich aus. Nicht nur draußen, auch drinnen. Sie kannte hier alle. Mir gefiel auf Anhieb die Kellnerin, die uns zuerst den Wein und dann das bestellte Essen, die geschmälzten Maultaschen, eine Spezialität des Hauses, die mir die Journalistin empfohlen hatte, auftischte. Mahlzeit, sagte sie, als sie die vollen Teller vor uns hinstellte. War's recht? fragte sie, als sie sie leer wieder abtrug. In meiner Ausgehungertheit und Bedürftigkeit erschien sie mir als der Inbegriff schwäbischer Anmut und Freundlichkeit. Sie hieß Christiane, und ich fand, daß das paßte.

Die Journalistin und ich stießen auf das Du an. Sie hieß Ulla. Als wir ausgetrunken hatten, begleitete sie mich an all den Dirnen, die vor den Einfluglöchern zu ihren Bienenstöcken standen, vorbei bis vor das kleine Barockhaus in der Kanalstraße, die als eine der wenigen die Bombardements des Zweiten Weltkriegs überstanden hatte, in dessen oberstem Stock unter dem Dach meine Wohnung lag. Wir nahmen uns vor, uns gelegentlich wiederzusehen, und verabschiedeten uns.

Zwei Tage später stand alles, was ich ihr von mir erzählt hatte, unter dem Titel „In der Fremde zu Hause" in der Zeitung, die sie mir mit einem Gruß und dem Vorschlag zu einem Treffen in den Briefschlitz gesteckt hatte. Ich rief sie an, und von da an trafen wir uns von Zeit zu Zeit, um miteinander im Widmer einen Wein zu trinken und ein wenig über die Arbeit und über das Leben zu reden.

Bis sie mir eines Abends eröffnete, daß sie sich in mich verliebt habe. Sie konnte nicht wissen, daß ich mit ihr im Widmer saß, um Christiane zu sehen. Mit Ulla sprach ich gern, sie war blitzgescheit, frech, rotzig, nie auf den Mund gefallen, mit ihr konnte ich mich stundenlang in Dingen der Herkunft, der Arbeit oder der Liebe festbeißen, aber verliebt war ich nicht in sie, Balsam an der von der Erfahrung mit dem Weiblichen geschundenen Seele war mir die unverbindliche, mich in warmen, weichen Wellen umspielende Freundlichkeit und Lieblichkeit der Serviererin, mit der ich über das beim Bestellen und Bezahlen sachlich Notwendige hinaus kein Wort wechselte.

Ich sagte es ihr. Ersteres, zweiteres nicht, ich wollte sie nicht verletzen. Ich sagte ihr, daß ich nicht in sie verliebt sei. Daß ich sie zwar sehr schätze, daß mir die Freundschaft mit ihr überaus wertvoll sei. Was man in solchen Fällen so sagt. Ich begründete die Unvorstellbarkeit von Liebe zwischen ihr und mir mit dem zu großen Altersunterschied von fünfzehn Jahren. Sie war siebenundzwanzig. Meine Frau war vierzehn Jahre jünger gewesen als ich. Das hielt sie dagegen. Aber das war ja auch nicht gegangen. Das war doch gerade der Beweis für die Richtigkeit meiner Behauptung. Sie ließ ihn nicht gelten. Sie sagte, für das Scheitern müsse es andere Gründe gegeben haben.

Wahrscheinlich hatte sie recht, aber ich hielt an meiner Behauptung, die eine Schutzbehauptung war, fest, indem ich sie auf ein Gespräch hinwies, das wir ein paar Tage zuvor am gleichen Tisch über meine Lebensmitte-Krise geführt hatten, bei dem sie mitgeredet hatte, als ob sie wüßte, wovon die Rede sei. Wir hatten über Hölderlins Gedicht „Hälfte des Lebens" gesprochen, ich hatte behauptet, daß sie es gar nicht verstehen *könne,* ganz einfach weil sie die Erfahrung der Lebensmitte noch nicht zur Verfügung habe. Sie hatte das mit dem Hinweis darauf bestritten, daß wir ja das Datum unseres Todes nicht kennten und darum alle, von Anfang an, in der Hälfte des Lebens stünden. Ich hatte ihr theoretisch zwar recht gegeben, aber sie gleichzeitig mit dem Unterschied zwischen Theorie und Praxis wieder entkräftet. Sie stehe zwar theoretisch in der Hälfte des Lebens, hatte ich gesagt, ich aber auch praktisch. Wir hatten uns nicht einigen können und das Problem zwischen uns stehen lassen müssen. Und gerade aus der Unmöglichkeit, uns darüber zu verständigen, die ich in der Sache selber, nämlich in den verschiedenen Lebensaltern, begründet sah, leitete ich jetzt die Unmöglichkeit einer Liebesbeziehung zwischen uns ab. Sie bestritt es, aber das half nichts. Es verstärkte nur die Stichhaltigkeit meiner Beweisführung, die ja in der Unvereinbarkeit unserer Standpunkte begründet war. Sie hatte keine Chance.

Auf dem Heimweg hängte sie sich bei mir ein. Es war lange nach Mitternacht. Ihre letzte Straßenbahn war abgefahren. Wir standen vor meinem Haus. Ich wollte mich von ihr verabschieden.

Ich spürte natürlich, daß sie mit mir hinaufkommen wollte, aber ich sagte, ich bringe sie zu ihrem Taxi. Wir sprachen nicht mehr. Vor dem Taxistand hängte sie sich an meinen Hals. Wir küßten uns. Sie drückte sich an mich. Dabei spürte sie, daß ich auf sie reagierte. Trotzdem sagte ich gute Nacht.

Du bist so stur, sagte sie. Nein, sagte ich, aber ich bin nicht frei. Das bin ich auch nicht, antwortete sie, deswegen können wir es doch trotzdem schön haben zusammen. Obwohl ich nicht verliebt bin in dich? fragte ich. Ja, sagte sie.

Wir gingen zurück. Wir gingen die enge Treppe zur Wohnung hinauf. Ich ging voraus. In der Wohnung spürte ich, daß sie sich darin auskannte. Ich wollte nach links ins Wohnzimmer, sie ging nach rechts ins Schlafzimmer. Wir küßten uns wieder, tiefer. Ihre Zunge schmeckte nach Rauch. Es war mir unangenehm, und ich sagte es ihr. Sie ging ins Bad. Ich wollte ihr meine Ersatzzahnbürste geben, aber sie hatte die eigene in der Handtasche dabei. Ich hörte sie urinieren. Dann kam sie zurück, und wir zogen uns aus. Sie war ganz schmal und hatte wunderbar kleine Brüste. Die Slips behielten wir an. Wie kann man nur rote

Wäsche tragen, sagte sie. Sie selber trug Schwarz. Wir wollten nicht miteinander schlafen, jedenfalls ich wollte es nicht, nur nebeneinanderliegen. Aber wir liebkosten uns die ganze Nacht. Und gegen Morgen taten wir es doch. Als wir einschliefen, war es schon hell im Zimmer.

Ein paar Stunden später erwachte ich mit dem schlimmen Gefühl, meiner Frau, die mich ein Jahr zuvor verlassen hatte, um zu einem anderen Mann zu ziehen, untreu geworden zu sein. Zum erstenmal. Und ich konnte mich erst mit dem Gedanken ein wenig beruhigen, daß ich mich nur in einen Plastiksack hinein entleert hatte.

Trotzdem taten wir es in den folgenden Wochen noch ein paarmal. Dann mochte ich plötzlich nicht mehr. Das führte in der verbleibenden Zeit, die sie noch nutzen wollte, zu Spannungen. Aber an der Gewohnheit, uns nach der Schreibarbeit zu einem Glas Wein zu treffen, hielten wir fest.

Bei der Abreise schrieb ich ihr in das Buch, das ich als Andenken zurückließ, zum Dank die erste Zeile von Hölderlins „Stuttgart"-Gedicht: „Wieder ein Glück ist erlebt. Die gefährliche Dürre geneset." Und tatsächlich fing von da an mein durch das plötzliche Auf-den-Müll-geworfen-Werden verletzter Körper zu heilen an.

VIII

In meine letzten Stuttgarter Tage hinein kam der Anruf aus Oberlin, Ohio, USA. Ob ich für ein Semester an der dortigen Universität deutsche Literatur unterrichten wolle. Ich hatte nie nach Amerika gehen wollen, im Gegenteil war es das Land, das ich am meisten haßte, aber da ich mit meinem Leben nichts anderes mehr vorhatte, sagte ich zu.

Die Zeit bis dahin verbrachte ich wieder zu Hause. Aber ich hielt es in meinem Haus nicht mehr aus. Noch immer hingen in der Stube die Fotos, die ich von meiner Frau gemacht hatte. Ich war nicht in der Lage, sie abzuhängen. Einmal hatte ich sie schon abgehängt gehabt und durch die Bilder eines befreundeten Malers ersetzt, aber ich mußte sie gleich wieder aufhängen, es war mir vorgekommen wie Mord. Statt dessen suchte ich jetzt in der Stadt eine Wohnung. Es kam mir vor, als bräuchte ich sie nur, um diese Bilder loszuwerden. Als ich sie hatte, als alles andere schon zusammengepackt war, hingen sie immer noch unberührt an ihrem Platz. Erst am Morgen, als die Zügelmannschaft schon im Haus war, nahm ich sie ab und legte sie schnell in die Kiste, in der auch alles andere war, das mit meiner Frau zu tun hatte, aus der ich sie mit all diesem andern zusammen in der Stadtwohnung gar nicht mehr auspackte.

In Zürich ging ich oft schwimmen. Es war ein warmer Spätsommer. Der See war mild. Das weiche, umfangende Strömen des Wassers über die Haut tat meinem Körper gut. Das Liegen auf den warmen Bretterplanken unter der Sonne.

Ich lag auf der Männerterrasse. Von den Frauen wollte ich nichts wissen zu dieser Zeit. Ihr Anblick verletzte mich. Der Vergleich mit meiner Frau riß meine Wunden auf. Nur ab und zu, wenn ich mich im leichten Wind ein wenig abkühlen wollte und mich über die Reeling lehnte, die die Oberdecks umschloß, warf ich einen vorsichtigen, prüfenden Blick auf das gemischte Zwischendeck hinunter, auf dem sie halbnackt ausgebreitet als fremde, lockende, abstoßende Wesen zwischen den Männern lagen. Und im Wasser, wenn ich hinausschwamm, bis in der Perspektive die Türme von Sankt Peter und Fraumünster stadtabwärts hintereinander zu liegen kamen, kreuzten sie meine Bahn.

Ein junger Mann verliebte sich in mich. Ich nahm es wahr, aber ich kümmerte mich nicht darum. Er sprach mich an. Jeden Tag war er da, war schon da, wenn ich kam, blieb noch dort, wenn ich wieder ging. Ich verhielt mich neutral. Aber obwohl ich ihm keinen Anlaß gab, wurde er immer zudringlicher. Eines Tages sagte er, er würde sich umbringen, wenn ich nicht mit ihm schliefe. Ich sagte, dann mußt du dich umbringen, und wechselte die Terrasse, ging auf eine, auf der Männer und Frauen zusammen waren, zog mich in eine freie Ecke zurück und dachte über das Vorgefallene nach. Wie ein offenes Schriftzeichen lag ich mit gespreizten Gliedern unter dem Himmel.

Das offensichtliche Mißverständnis zwischen dem jungen Mann und mir warf mich auf ein anderes Mißverständnis zurück, das meine Frau und mich ganz zu Beginn unserer Liebe einmal beinahe entzweit hatte. Es war bei ihrem zweiten Besuch in meinem Haus gewesen, lange bevor wir endgültig, wie ich gedacht hatte, zusammenzogen. Sie hatte mich gereizt, indem sie mir immer wieder im Gegenlicht der geöffneten Fenster, von denen sie am Morgen die Läden zurückgeschlagen hatte, in ihrem zu kurzen Hemdchen auf und ab gehend oder sich bückend, ihr Büschel gezeigt hatte. Als sie zu mir ins Bett zurückstieg, hatte ich angenommen, es wäre, um nochmals mit mir zu schlafen. Ich begann mit ihr zu spielen. Sie lachte, aber sie wehrte sich. Mit Händen und Füßen. Ich dachte, es sei im Spiel, und setzte fort, was ich dafür hielt. Als es mir zu bunt wurde, sagte ich, zier dich doch nicht so. Da wurde sie plötzlich ganz steif. Ich fragte sie nach dem Grund. Sie war tief verletzt, weil sie glaubte, ich hätte ihren Willen oder Nicht-Willen nicht respektiert. Und ich war nun meinerseits verletzt dadurch, daß sie mir zutraute, ich könnte im Ernst etwas von ihr gewollt haben, was sie nicht auch wollte. Und es hatte mehr als nur *ein* langes Gespräch gebraucht, um nach diesem verunglückten Morgen das gestörte Vertrauen zwischen uns wiederherzustellen.

An eine andere schlimme Nacht mußte ich denken, in der wir gemeinsam vor den Toren der Hölle gestanden und aus der wir den Weg zurück beinahe nicht mehr gefunden hatten. Wir hätten sterben können in dieser Nacht. Es hätte uns nicht einmal jemand gefunden. Es war in meinem Haus gewesen. Wir hatten eine gemeinsame Reise vor. Es war der Vorabend meines Geburtstages, den wir mit etwas Haschisch verschönern wollten. Mit war eingefallen, daß ich in einem sicheren Versteck noch ein Klümpchen haben mußte, das mir ein Freund vor Urzeiten einmal geschenkt hatte. Meine Frau war neugierig, sie war noch nie mit so etwas in Berührung gekommen. Bei mir war es während der Studienzeit gelegentlich vorgekommen. Aber ich hatte keine Ahnung mehr, wie man es handhabte, hatte nie eine große Ahnung gehabt, war ein Mitläufer gewesen, der sich das Zeug pfannenfertig hatte auftischen lassen. Da wir beide nicht rauchten, mußten wir uns das vom Klumpen Geschnittene in die Getränke hinein zerreiben und hatten auf diese Weise über die Dosis natürlich nicht die geringste Kontrolle, weil ja die Verdauung erst nach und nach einsetzte. Daran dachten wir nicht, als wir immer mehr davon nahmen.

Lange Zeit spürten wir gar nichts. Dann war es plötzlich vom Feinsten. Wir hörten Musik. Jeder wollte seine Lieblingsplatten, alle Stilrichtungen wild durcheinander, eine nach der anderen. Wir tanzten am Ende nackt. Sie hatte damit begonnen. Zuerst jeder für sich, dann zusammen. Wir umschlangen uns. Es war wirklich ein Schlangentanz. Wir ließen uns nicht mehr los. Bis wir ineinander hineinrutschten und auf dem Sofa übereinander zusammenbrachen.

So lange war alles gut gewesen. Dann war ich beim Liebesspiel mit Daumen und Zeigefinger gleichzeitig in ihre beiden Öffnungen geglitten. Ich hatte es nicht gewollt, es war alles so naß gewesen, daß ich ausgerutscht war. Sie bewegte sich mit dem Becken so über meinen Fingern auf und ab, daß ich einen Augenblick dachte, es würde ihr Freude bereiten. Aber dann fiel mir ein, daß sie es vielleicht nur tue, weil sie glaube, sie müsse mir diese Freude machen, halte es selbst aber für abstoßend und widerwärtig. Jedenfalls wurden wir unsicher. In Sekunden fielen wir auseinander. Elend saßen wir uns, mit dem Rücken irgendwo angelehnt, auf dem Holzboden gegenüber. Wir schämten uns voreinander. Und um die Scham zu bedecken, umarmte jeder, so gut er es konnte, sich selbst.

Aber wir sahen uns. Wir sahen das Schlüsselbein, wir sahen den Ellenbogen, wir sahen die Rippen, wir sahen die Zehen, wir sahen den Schädel; wir sahen die Beutel und Säcke von Haut, die das Ganze notdürftig zusammenhielten, aber nicht mehr verbergen konnten. Wir sahen uns nicht mehr. Es waren nur noch die Körper, die Ausstülpungen, die Höhlen, der Staub, der Dreck. Unsere Gestalten hatten sich voreinander entsetzlich verzerrt. Unsere Wesen gab es nicht mehr. Als wir uns aus Verzweiflung noch einmal ineinander vergruben, war es eine höllische Form von Sodomie. Ich schlief mit der kläglichsten Ausgeburt einer Dackelhündin, sie schlief mit meinem Skelett, leckte mit ihrer langen Hundezunge, die sie mir durch die Zähne steckte, von innen den Schädel sauber, bis ihre Spitze aus den Augenhöhlen heraussah.

Wir stießen uns ab. Wir stießen uns weg. Wir verstießen uns. Wir fühlten uns am Ende verstoßen.

Und plötzlich wurde uns schlecht. Zuerst ihr, dann mir. Glücklicherweise nicht gleichzeitig, so daß wir einander helfen konnten. Zuerst sie, dann ich, standen, knieten und hockten wir nackt vor oder über der Schüssel und entleerten uns aus allen Löchern, so lange, bis nichts mehr kam. Und der andere stand daneben und half notdürftig mit

Berührungen, Zuspruch, Putzlappen und Wasser aus. Bevor er selber wieder dran war. Das Schlimmste war aber der Durst, der durch nichts zu löschen war. Mit lallender Zunge, die vor Ausgedorrtheit ganz hinten im Gaumen lag und kaum mehr zu bewegen war, rief ich mitten in der Nacht meinen Freund an, der mir den Stoff damals gegeben hatte. Nichts tun, sagte er, keinen Arzt, ihr werdet nicht sterben, warten und viel trinken, aber es wird lange dauern, ihr habt eine Überdosis erwischt.

Er hatte recht gehabt. Es wurde auf jeden Fall nicht mehr schlimmer. Aus den Gedärmen war das Gift ja nun endlich heraus, so daß der Nachschub ans Blut nachließ. Wir brachten uns gegenseitig zu Bett und wachten dann abwechslungsweise einer über den Schlaf des andern. Völlig erschöpft, aber froh darüber, die Nacht überhaupt überstanden zu haben, traten wir am Morgen dennoch unsere Reise an. Mit zitternden Knien schleppten wir uns bis zum Bahnhof. Mit noch immer halb gelähmter Zunge bestellten wir am Schalter die Fahrkarte. Erst im Speisewagen, beim Frühstück, regten sich wieder die berühmten Lebensgeister. Oder das, was von ihnen nach dieser Nacht in der Hölle übriggeblieben war.

Aber die Angst, die Unschuld unserer Liebe verloren zu haben, durch die Kenntnis der Hölle aus dem Paradies vertrieben zu sein, den Weg ins Paradies zurück nicht mehr zu finden, blieb, hatte sich auch später nie wieder ganz verscheuchen lassen, und wer kann sagen, ob sie nicht in der schließlichen Trennung ihre endgültige und nicht mehr anfechtbare Bestätigung erfahren hat.

IX

Ein paar Wochen später erwachte ich an einem seltsamen, unvertrauten Geräusch, das von der rechten Seite meines Bettes herzukommen schien. Es muß im September gewesen sein, das Schwimmbad war schon geschlossen, aber die Luft war noch warm. Als ich die Augen aufschlug, war es schon hell. Ich sah eine Wespe, die offenbar unmittelbar neben mir zu Boden gefallen war oder aber sich auf dem Boden in meine Nähe geschleppt hatte, die vor meinen Augen ihren Todeskampf kämpfte. Immer wieder versuchte sie aufzusteigen, daher war das Geräusch gekommen, sie bewegte die Flügel, aber sie trugen nicht mehr.

Dann knickten auch die Beine unter ihr ein. Ich sah es ganz deutlich. Trotzdem versuchte sie fortzukommen von diesem Ort, der sie festhielt. Zitternd, stockend, immer wieder einknickend, immer wieder innehaltend und von neuem beginnend, immer wieder steif die Flügel stellend und langsam, wie ohne Willen, von einem unsichtbaren Muskel gezogen, die Flügel sinken lassend, ging sie um sich selber herum, um eine imaginäre Mitte, die sie mit ihren letzten, verebbenden Kräften zu suchen, aber nicht zu finden schien. Immer wieder brach sie ganz zusammen. Der Vorgang, so klein er sich abspielte, war jetzt ganz groß. Sie streckte sich, dehnte sich, zuckend. Als auch das nicht mehr ging, versuchte sie sich zusammenzuziehen, zusammenzurollen, wie ein Kind, das seinen Schlaf sucht, kippte zur Seite. Aber wie eine Feder, die sich überspannt hat, wurden die eingekrümmten Enden ihres Leibes wieder auseinandergezwungen. Sie raffte sich wieder auf, ging wieder, nicht von der Stelle kommend, als ob ein Bein am Boden angeklebt wäre, im Kreis, brach wieder zusammen, ging wieder, immer dasselbe wiederholend, aber langsamer werdend, im Kreis.

Ich konnte nicht wegschauen, eine geschlagene halbe Stunde lang. Ich hörte von der Kirchturmuhr her, wie die Zeit verging. Vielleicht hatte ich gehofft, von der Wespe etwas über das Sterben zu lernen, vor dem ich mich fürchtete, aber ich lernte nichts. Alles, was ich sah, war: sie war nicht einverstanden. Manchmal hatte ich sogar das Gefühl, als ob sie mich einen kurzen Augenblick lang hilfesuchend anschaute. So als ob sie mich für den Gott hielte, unter dessen unerforschlichem, unverständlichem Blick das alles geschähe. Und tatsächlich war ich ja so über ihr. Jedenfalls hielt sie ein paarmal, wenn sie in meine Richtung schaute, in ihrem Kampf inne und hob den Kopf, als ob sie von mir gestreichelt oder zerdrückt werden wollte. Da hielt ich es nicht mehr aus. Ich stand auf. Ich schob sie auf ein Blatt Papier und trug sie zum Fenster. Dann blies ich sie zärtlich hinunter. Ihr Leiden zu verkürzen, wie man sagt, ohne zu wissen, wovon man spricht, hatte ich nicht fertiggebracht. Dazu hatte ich zu lange hingesehen. Dazu kannte ich sie inzwischen zu gut. Es gelang mir nicht, meinem Daumen den Befehl zu geben, sie zu zerquetschen.

Ins Tagebuch schrieb ich: Wenigstens werde ich leichter sterben, so, aus der Liebe entlassen, wie ich nun bin.

X

Im Januar brach der Krieg aus. Im Februar hatte ich meine Stelle in Amerika anzutreten. Zum erstenmal in meinem Leben sollte ich in ein kriegführendes Land einreisen. Und auch wenn der Krieg fern von diesem Land am Arabischen Golf geführt wurde, fühlte ich mich alles andere als wohl dabei. Als meine Frau und ich noch nicht zusammenlebten, aber schon zusammengehörten, hatten wir uns einmal versprochen, wenn Gefahr für die Welt im Anzug wäre, ohne zu zögern zueinanderzufahren, da wir in zwei verschiedenen Ländern lebten, um, falls es zum Äußersten käme, wenigstens beieinander zu sterben. Das fiel mir sofort wieder ein, und mein erster Impuls war, zu ihr zu fahren. Aber das ging nicht, sie lebte ja mit einem anderen Mann und wollte aller Wahrscheinlichkeit nach, wenn es dahin käme, auch mit ihm sterben. Also schrieb ich ein Gedicht darüber und sandte es an eine Wiener Zeitung, die manchmal Dinge von mir abgedruckt hatte, in der Hoffnung, daß es dort veröffentlicht und von ihr gelesen würde. Ich hätte es ihr auch schicken können, aber das wollte ich nicht. Ich wählte diesen indirekten Weg, weil auf dem direkten das Verbindende, das in der Sache selbst lag, nur von mir ausgegangen und damit eben nicht das Verbindende gewesen wäre, das es hätte sein können, wenn die Welt selbst die Verbindung, von der ich hoffte, daß sie noch in uns war, wiederhergestellt hätte. Damit es verständlicher wird, wovon ich spreche, füge ich das Gedicht hier ein:

LIEBESLIED BEI ANBRUCH DES KRIEGS

Stell dir vor, es wäre wirklich
zu Ende, das Licht
ginge ganz
aus oder an, weil
die Welt in die Sonne
fällt oder weg,
in den Schatten der Sterne.

Oder des Kriegs, und es würde
einen Augenblick lang ganz
still oder laut,
bevor der Aufschlag
ans Herz geht,
wir wären dann nicht
zusammen, um uns zu halten.

Das also hätte sie erreichen sollen. Aber es erreichte sie nicht.

XI

Also flog ich nach Amerika. Zuerst nach Boston, von dort nach Cleveland, dort wurde ich abgeholt. In Oberlin zeigte man mir mein Appartement, man wies mich in meine Pflichten und Rechte ein, viele Rechte, fast keine Pflichten, dann überließ man mich meinem Schicksal.

Oberlin war winzig, verglichen mit der Größe des Landes, achttausend Einwohner vielleicht, dreitausend davon Studenten, ein Campus, ein Konservatorium, die Universitätsgebäude, eine Kirche und eine Kapelle, die als Konzertsäle benutzt wurden, ein Kino, ein Theater und ein Museum, und eine einzige Bar, in der Alkohol ausgeschenkt wurde, sonst nichts, zwei sich kreuzende Straßen noch, die die eigentliche Stadt ausmachten, und ein paar Häuser darum herum, aus denen das Sternenbanner heraushing, sonst wirklich nichts, rundherum alles weit und flach und kein Horizont, dessen Linien man mit dem Blick hätte folgen können. Vom Krieg spürte ich hier nicht viel, weniger als zu Hause, wo er mich nächtelang vor den Fernseher gebannt hatte. Die Studenten waren einhellig gegen den Krieg wie ich selbst. Einen Fernseher hatte ich nicht, und ich wollte auch keinen.

Nach zwei Wochen dachte ich, hier hältst du es nicht zehn Wochen aus. Aber dann zog eine junge Frau meine Aufmerksamkeit auf sich. Tag für Tag führte sie ihre Schönheit wie einen jungen Pfau vor meinen Augen spazieren. Eigentlich zweimal täglich, um es genau zu sagen. Sie aß am spanischen Tisch, ich aß am deutschen Tisch, die beiden Tische standen im gleichen Speisesaal. Meist kam sie ein wenig verspätet und ging etwas früher. Und immer war sie allein. Bald standen wir in einem fast rituellen Bezug zueinander. Ich war mir sicher, daß sie wahrnahm, daß ich sie wahrnahm.

Eines Tages begegneten wir uns auf der Straße. Ich kam aus dem Konservatorium, wo ich nachmittags immer, wenn ich ein Bedürfnis nach Musik verspürte und meine Arbeit dafür unterbrechen konnte, den Übungskonzerten der Studenten beiwohnte, sie ging hinein. Wir kreuzten uns.

Wir grüßten uns, aber wir blieben nicht stehen. In einer Mischung aus Stolz und Schüchternheit ging sie mit vor der Brust verschränkten Armen an mir vorbei.

Am nächsten Tag ging ich im Speisesaal zu ihrem Tisch hinüber und stellte mich vor. Nur einen Tag später kam sie am Mittag, als ich mit meinem Eßtablett in der Reihe stand, zu mir und lud mich zu einem Konzert mit alter Musik ein. Ich nahm an. Auf dem Heimweg von der Kirche, in der das Konzert stattgefunden hatte, sagte sie mir, daß sie schon gewußt habe, wer ich sei, als ich mich vorgestellt hatte. Daß sie sich also nach mir erkundigt habe. Sie studierte alte Musik, spielte die Flöte, Viola da Gamba und Cembalo. Ein paar Tage später lud ich sie ins Theater ein. Die Drama-Klasse spielte „Die Glasmenagerie" von Tennessee Williams. Sie kam. Und so immer weiter. Wir waren jetzt viel zusammen, hatten lange Gespräche, unternahmen ausgedehnte Spaziergänge zusammen, zum Friedhof, zum Teich, zum Reservoir, sie kannte die Wege in diesem Land, das für mich ohne Ziel war.

Etwas später gab sie selbst ein Konzert, in der Fairchild Chapel, die diesen Namen von ihr zu haben schien. Ich war natürlich dort. Ich hatte ihr eine Rose mitgebracht. Ich hing an ihren Lippen, die die Bachflöte spielten. Ich nahm es mit Freude wahr, daß ihre von der Musik ganz ernst gemachten Augen mich suchten, wenn sie Zeit hatten, vom Notenblatt aufzuschauen. In einer Art zärtlichem Stolz wünschte ich ihr das Gelingen. Alles gelang. Nur das Sich-Verbeugen hatte sie noch nicht recht gelernt. Sie sagte mir nachher, ihre Eltern hätten noch nie ein Konzert von ihr besucht. Und nie zuvor habe sie von einem Mann eine Rose geschenkt bekommen.

Natürlich sprachen wir englisch miteinander. Ich begann, englisch zu träumen. Eines Morgens erwachte ich mit ein paar englischen Gedichtzeilen im Kopf. Ich stand auf und schrieb sie auf und schrieb das Gedicht, dessen Anfang sie waren, zu Ende. Es war ein Gedicht über meine Frau. Gegen meine Frau. Zum erstenmal war sie mein Feind. Meine Feindin. Sonst war sie immer nur meine Freundin, meine Liebste, meine Geliebte gewesen. Nur einmal, als sie nachts neben mir schlief und ich nicht einschlafen konnte, hatte ich ins Tagebuch geschrieben: Nachts, wenn du schläfst und ich nicht schlafe, bist du manchmal mein Feind. Aber da waren wir ja noch zusammen. Und einmal, ganz zu Beginn, als wir ein paar Tage und Nächte geglaubt hatten, ein Kind wolle uns, viel zu früh, die Kinderzeit unserer Liebe zerstören, erwachte ich nachts neben ihr schweißgebadet, mit einem bitteren Geschmack im Mund und dem geträumten Satz auf der Zunge — gegen das Kind gerichtet —: I hate you. Auch in der fremden Sprache. Daran erinnerte ich mich wieder, als ich das Gedicht aufschrieb.

Wahrscheinlich war es ein schlechtes Gedicht, aber es erfüllte seinen Zweck. Es war, als ob die Bitterkeit, die ich so lange zurückgehalten hatte, die ich in der eigenen Sprache, in der Sprache, die uns verbunden hatte, nicht hatte loswerden können, nun in der fremden Sprache abflösse. Als ob sich das Gift, das sich seit der Trennung in mir gesammelt und das mich nur selber vergiftet hatte, in dieser Sprache, die nicht die unsere war, endlich verspritzte. Es war eine große Erleichterung.

Und ein paar Nächte später hatte ich einen Traum, in dem ich meine Frau gar nicht mehr schön fand. Furchtbar hart kam sie mir plötzlich vor, kalt und berechnend. Das Gesicht war zur Maske geschminkt. Und ihre Kleidung war so unnatürlich sportlich und modisch. Bisher hatte ich sie immer nur schön gefunden. Zum Geburtstag hatte ich ihr einmal Nachdichtungen nach Gedichten aus dem Hohenlied geschenkt, die mit der Zeile begannen: Alles an dir ist schön, meine Geliebte.

Jetzt schrieb ich Liebesgedichte in einer anderen Sprache und an eine andere Frau. Nachdem die Bitterkeit endlich in Worten geronnen war, fand ich auch wieder die Worte der Liebe. Die Worte, die ich nach meiner Frau für niemand anderen mehr hatte brauchen können, die noch immer von ihr besetzt gewesen waren, die ich noch immer für sie hinter der Bitterkeit wie in Reserve gehalten hatte, waren nun wieder frei. Ich konnte sie wieder benützen. Auf dem Umweg über die fremde Sprache hatte ich meine Sprache der Liebe wiedergefunden.

Fünf Gedichte waren es am Ende geworden. „For Sarah" nannte ich sie. So hieß die junge Frau. Ich gab sie ihr. Es verging einige Zeit, dann lud sie mich zu einem Abend mit irischer Volksmusik ein. Auf dem Heimweg sagte sie mir, daß sie meine Gedichte sehr gern habe. Eines davon habe sie sogar zum Weinen gebracht. Ich fragte sie, welches. Zum Abschied küßten wir uns zum erstenmal flüchtig. Ich hatte ihre Wange gesucht, sie wollte mir ihren Mund geben, so streiften sich unsere Lippen ein wenig.

Ein paar Tage danach gab sie mir auch ein Gedicht. Es hieß: „No". Und seine letzte Zeile war: „I am sorry". Sie konnte meine Liebe für sie nicht erwidern, dazu war sie zu jung oder war ich zu alt. Aber sie hatte mir meine Fähigkeit zur Liebe wieder zurückgegeben. Wenigstens in der anderen Sprache. Und das war mehr.

XII

Das ist alles. So wenig oder so viel braucht es, um einen Menschen ins Leben zurückzubringen. Und vielleicht noch ein paar andere Dinge, die keine Dinge sind, von denen man nichts weiß, während sie einem begegnen, dazu.

DER AUTOR

Jürg Amann, geboren 1947 in Winterthur/Schweiz, Dr. phil., wechselnde Wohnorte, darunter Wien, derzeit Zürich; zuerst Literaturkritiker und Dramaturg, seit 1976 freier Schriftsteller; 1982 Ingeborg-Bachmann-Preis, 1983 Conrad-Ferdinand-Meyer-Preis, Mitglied der Schweizer Autorenvereinigung „Gruppe Olten" und des PEN-Club.
Zuletzt erschienene Bücher: „Tod Weidigs", „Verirren oder das plötzliche Schweigen des Robert Walser" (Piper-Verlag), „Der Vater der Mutter und der Vater des Vaters", „Der Anfang der Angst" (Eremiten-Presse).

Im Haymon-Verlag erschienen einige Gedichte von Jürg Amann sowie die beiden Prosatexte „Die Heilung der Frau" und „Mauerschau, ländlich, November" in WIDERSCHEIN. Der Band enthält außerdem Texte von Friederike Mayröcker, Julian Schutting und Bildteppiche von Ilse Abka Prandstetter.
16 x 23 cm, Efalin mit Schutzumschlag, 64 Seiten mit 16 Farbbildern.